繽紛 B01

陳松勇訐譙

陳松勇／口述・曹銘宗／整理

有學問的眞性情

聽陳松勇訐譙

吳念眞

兩年多前，在一個電影界的交際場合裡，有人半認真半開玩笑地說：近年來，最幸運的兩個台灣人就屬李登輝和陳松勇，輝仔是莫名其妙撿到一個總統，勇仔則是莫名其妙當影帝。

李登輝我無緣相識，沒感情，但這麼說陳松勇，我心裡卻有點不爽。套用勇仔「訐譙」的方式，我當時的反應是「看人吃米粉，喊燒！」當然，這是比較文雅一點的，直接一點的說法該是「自己無形，怨妬別人會生」。這句話前面，如果講究一點節奏和氣韻的話，應該加上一個台式發語詞，曰：×！（我想大多數文雅的讀者一定猜不出這是哪個字，除了少數比較「低俗」一點的，像我啦，勇仔啦這樣的人之外。）

——

講這話的人其實並不認識陳松勇，我想。因為不久之後，在另一個電影界的聚會裡，有個自視甚高的男演員也用同樣的態度和語氣問陳松勇，說：「你憑什麼拿影帝？」你知道陳松勇怎麼回答嗎？只見他笑咪咪地把胸脯拍得咚咚響，既自信又肯定地說：「憑我的氣質！」

當下眾人愕然，無法接話，想損人者當場自暴其既鄙又俗的真面貌，而勇仔卻若無其事地轉身過去和別人繼續哈啦打屁，樂得跟隻發情的猩猩一樣。

這就是勇仔的「氣質」所在——面對所敬或所鄙的人與事，無論謙沖或厭惡都直接表現，毫不隱藏。這叫真性情。

然而要表現得乾淨俐落，一言中的，甚至讓人還有「餘味」或「餘悸」的空間，那就得有學問。

幾年前，勇仔還沒這麼紅，我在西門町某電影公司的會客室裡，被他吸引的就是他一連串罵別人也罵自己的「訐譙」，對我來說，那簡直是一場有學問又真性情的「民俗藝術」表演，只可惜那時我沒像曹銘宗一樣，下決心把他推上文字舞台。

幾年後，勇仔紅了，迷倒無數觀眾以及其他人的，也正是這種真性情以及不靠文憑而靠自己累積的學問。

老懷疑他為什麼會紅的人，這下子該了解自己缺少什麼「氣質」吧？

曹銘宗這個「留美學人」大概和我一樣，也迷醉於勇仔的這種氣質吧？所以決定用文字來彙整，記錄最能綜合表現陳松勇這兩種氣質的「訐譙」——無論罵別人或罵自己都一刀見「骨」，準確無比，痛快淋漓的「民俗藝術」。

台灣人常說「看人食肉，毋通看人剖柴」，曹銘宗長期以來竟然敢貼近陳松勇，聽他「訐譙」，在下除了佩服他的勇氣外，也挺擔心他的耳朵、肝臟，還有他自己的氣質是否多少受了點傷害？領了版稅，是否該去檢查檢查？真的，勇仔多年的好朋友們在這方面好像多少都有點問題，在下我當然是其中之一。

台灣這塊土地的「博士」

曹銘宗

陳松勇是台灣這塊土地的「博士」！

即使拿掉金馬影帝的頭銜，陳松勇還是一個很有故事的人。他是老台灣，結交台灣的人，看盡台灣的事，加上記性極好，幾十年下來，整個腦子「輸入」了無數的台灣民俗資料。

陳松勇腦子的資料，還是第一手的資料。就以罵人的台灣俚語來說，別人可能只是在書上看過，他卻是聽人罵過，自己罵過，甚至是被人罵過。

我的工作，就是幫忙把這部「活電腦」的資料「輸出」來，再加以整理。至於「輸出」

的過程中，他喝酒，我喝茶，經常要「對罵」到三更半夜，那就不用提了。他老兄隨便去作秀、剪綵，收入以萬計，卻常被我逼著關在屋子裡「研究」，實在是委屈他了。

陳松勇罵起人來，配合聲音和氣勢，真是神采十足。我用寫的，就只能求文字上的流利和俏皮了。

《陳松勇訐譙》這本書，除了表現罵人的藝術之外，還可以欣賞傳神的台灣俚語，學會趣味的台灣話用詞。我在每篇後面都加了詳細的註解，標音盡量用國語注音符號，不得已才用羅馬拼音。

《陳松勇訐譙》在聯合報「鄉情」版連載，特別要感謝主編黃嘉瑞的支持，編輯張必瑜和葉素吟的協助。

自序

陳松勇

很多人看了我演的電影或電視，就以為我是一個不識字的「流氓」，其實我是「讀書人」。先不要笑，也不要忙著撿眼鏡。我說我是「讀書人」，就是說我讀過很多書，雖然我沒受過正規教育，只念了一年多的國民學校，但是我曾讀過漢文（用台灣話念的）。民國六十三年，我開始學國語，從國語日報有注音符號的《古今文選》讀起，又讀了很多書。直到現在，我還有讀書的習慣。

除了讀中國書之外，台灣的土地孕育我，所以我也很關心台灣的文化，對過去農業社會一般人的語言、生活和風俗，我一直都非常注意。尤其是台灣俚語，有人認為沒什麼學問，但我認為這是先民對人、事、物的體驗，比所謂專家學者的理論更實際。

聯合報記者曹銘宗和我私交很好，他這個留過學的「讀書人」，和我這個自學的「讀書人」，因為大家都是「讀書人」，講起話來非常投機。去年三月，有一天他來我家喝茶，我正在看陳修老先生剛出版的《台灣話大辭典》。我們談到了一般人對台灣話「有音無字」的誤解，事實上台灣話也是漢語的一支，只是多年來強力推行國語，台灣話才變成弱勢語言罷了。

當時，聯合報正要開闢「鄉情」版，曹銘宗就鼓勵我去寫一個台灣俚語的專欄。我不是不會寫字，但是我拿筆比拿鋤頭還重，叫我寫字，我寧願去做苦工。於是我對曹銘宗說，「我講，你寫，我們一起討論，這樣才能做！」

《陳松勇訐譙》一刊出來，讀者反應很好，我也向影劇圈的朋友證明了我是貨真價實的「讀書人」。這些台灣俚語，我一講出來，可能很多人都聽過，但是我不講出來，很多人就不知道，因為都忘了。

我演過很多老大的角色，為了劇情需要，常開口訐譙，但是我在《陳松勇訐譙》中，罵的卻不是髒話（只到台中而已），而是很有道理的俚語。這些過去拿來罵人的俚語，在台灣從農業社會轉成工業社會後，還是相當管用，大概是現在的社會太過講求功利，經濟愈提高，道德愈墮落，欠罵的人愈來愈多了。

我罵達官貴人，也罵販夫走卒，可能罵到他，罵到你，也罵到我自己。但是，我只是提出善意的指責，提醒我們每一個人都要警惕自己。如果你看完了這本書，發現還沒被我罵到，那麼我要向你鞠躬，你真是好到了最高點！

目次

訐譙

音ㄍㄢˋ ㄍㄧㄠˋ，大聲惡言罵人之意

陳松勇

訐譙

頭毛跋倒虱母

對象：髒鬼

解曰：頭不洗，生了油，蒼蠅無法「降落」，虱子走路都會摔跤，真是「垃圾鬼」！

從前，一些「烏狗兄」喜歡把頭抹得油油亮亮的，也是一樣有一套滑倒虱母的「滑頭功」。

台灣早已度過頭髮長虱子的年代，現在二合一、三合一的新式洗髮精多的是，不想自己洗頭也可以去美容院，一個頭再弄不乾淨，就真的去當臭頭好了。

做人要「清氣相」，必須注重衛生，不要「顧嘴不顧身」。而且現在又講究環保觀念，除了自己乾淨，也要讓大地乾淨。

註：

❶「頭毛」就是頭髮。

❷「跋」音近ㄅㄨㄚ，就是跌。《說文》：跋，蹎也。

❸「虱母」就是虱子。

❹「清氣」就是清潔。

陳松勇

訐譙

無毛雞假大格

對象：冒牌貨色

解曰：從前的無毛雞就是「破病雞」，毛掉光了，或是打不過別的雞，被啄得剩下沒幾根毛，這可與新品種的「無毛雞」無關。

無毛雞擺明是沒有毛的雞，就算長出了幾根雜毛，人家一看也知道是很「矛盾」的。

大格就是骨架大，大格雞就是雞國的「洛基」，無毛雞這種「弱雞」怎麼打得過呢？

「打腫臉充胖子」是行不通的，瘦子拚命打腫了臉，也只是臉腫的瘦子。

註：

❶「大格」就是骨架大，「格」音ㄍㄜˋ。「大格雞」就是「大隻雞」，另有一句台灣俚語「大隻雞慢啼」。

陳松勇

訐譙

閹雞趁鳳飛

對象：外強中乾的人

解曰：公雞被閹掉之後，不再胡思亂想，只好專心一日顧三頓，結果長得又大又漂亮，成為雞國的「無卵王」。但是，雞太監就是雞太監，跟人家學什麼鳳飛飛呢？

有的少年郎露著沒有胸毛的胸部，戴著盲人的墨鏡，走路像中風似的抖來抖去，就以為自己很「酷」，其實痞子就是痞子，連「大哥大」的跟班都不是。有的人則是「無錢假大扮」，拿信用卡到酒廊喝假的XO，分期付款開二手的賓士，戴地攤買來的滿天星，真是外強中乾的「閹雞」。

台灣話罵人「無彼種尻川，就毋當呷彼種瀉藥」，沒有本事，就不要逞能，否則只有「討皮疼」。

註：

❶「閹雞」在台語常比喻外強中乾的男人。

❷「趁」音ㄊㄢˋ，就是模仿。

❸「尻川」就是屁股。

❹「討皮疼」就是自討苦吃。

陳松勇

許讜

耙無牛屎
摃牛屎龜出水

對象：遷怒於人的人

解曰：從前在鄉下，牛屎是一種肥料，曬乾後還可以「起火」作燃料。牛屎龜則是一種甲蟲，長得一團黑黑的，有夠難看。

耙不到牛屎，就去打牛屎龜出氣，牛屎龜地下有知，真是要大呼冤枉。

台灣話罵人「膾生牽拖厝邊」，自己不能生，也不去檢查是不是老公的精子活動力不夠，或是老婆的輸卵管阻塞，卻老是要怪左邊住家大門開的方位不對，右邊鄰居的生肖犯沖，一天到晚找人吵架。

還有一句「膾游牽拖卵葩大球」，自己不會游泳，就說是卵葩長得太大。

不做都市計畫推說都市發展太快，不懂垃圾處理就怪垃圾增加太多，股票不漲怨證交稅不降，開車違規罵警察不講人情，自己抽菸還嫌空氣太差。唉，這款的台灣！

註：

❶「摃」音ㄍㄨㄥˋ，就是擊打。

❷「出水」就是抵帳。

❸「膾」就是不會，也寫作「袂」。

❹「卵葩」就是陰囊。

陳松勇

訐譙

牛牽到北京亦是牛

對象：本性難移的人

解曰：從前北京是帝王之都、文化薈萃之地，但是把一條牛牽到了北京，牠還是牛，一樣沒什麼學問。

古人說「沐猴而冠」，讓猴子穿衣戴帽，看來有點人模人樣，但是畢竟不會變成真人。

包賭包娼的「三七仔」，即使穿上名牌服裝，手拿大哥大，開著賓士車，也絕不會變成社會名流，一樣是「牛頭馬面」的貨色。

每次選舉，總會有一些不懂法律、只會鑽營的人士出來競選。尤其是那些「金牛」，即使被送上了立法院，一樣也是牛。

註：

❶「三七仔」就是皮條客，與妓女三七分帳。

❷「牛頭馬面」是地獄負責抓人的夜叉，喻為非善類。

賣麵的看人撒油

對象：勢利眼

解曰：現在的人怕吃油，從前卻是油放愈多愈好。賣麵的都有一個放葱頭豬油的罐子，用小湯匙把油往前撥到麵裡，看到老主顧或是比較順眼的，就多撥一兩勺。

連賣麵的都會看自己的「齒毛」好不好，來決定要放多少油，也就難怪社會上到處都有「大細目」的人了。

不管是公家機關或是私人公司，都有差別待遇的惡習，老百姓想要快點把事情辦好，最好是有點關係，或是找人關說。甚至是花錢打通關節，不先給點「油水」，人家就不「撒油」。

這種「看人撒油」的文化，實在是整個社會走向民主、平等的絆腳石。

註：

❶「撒」音ㄙㄨㄚˋ，就是撥加調味料到菜肴裡。

❷「齒毛」是日本外來語，感覺的意思。

❸「大細目」就是大小眼。

陳松勇

評譙

千里路途三五步
百萬軍兵六七人

對象：粗製濫造的電視劇

解曰：舞台劇都是採象徵式的表演，走個三五步，算是千里長路，六七人吆喝一番，算是百萬大軍。現在的電視劇則要講究場面，如果也用舞台劇的方式「意思一下」，那就是偷工減料，不把觀眾放在眼裡。

看看我們的電視劇，經常是混得很兇。談化妝，清裝戲應該要剃頭，結果是戴頭套就行了；談道具，說要上京考試，背的包裹卻小得像肉粽似的；談服裝，一齣戲可以出現歷代的衣飾。反正是省錢就好，因此關個門就像大地震，整面牆都會搖。

每年盈餘幾十億的電視台，卻還有這種「亂煮一鼎糜」的「拖棚」製作，真是不長進，難怪為了買陳年的港劇，就像狗搶骨頭一樣。

三台節目部如再不長進，就可以掛副對聯，上聯「千里路途三五步」，下聯「百萬軍兵六七人」，再加個橫批「欺騙社會」。

註：

❶「亂煮一鼎糜」就是亂煮一鍋粥，隨便製作也是一個節目。

❷「拖棚」就是拖戲。

陳松勇

訐譙

乞食有呷 弄拐仔花

對象：得意忘形的人

解曰：乞丐有得吃，就樂歪了，拿著拐杖舞來舞去，忘了自己不知有多久沒洗澡，身上都是虱子，穿的衣服像破布一樣。

很多人才有了一點小成就，馬上就忘了我是誰，到處去吹牛，說自己多麼了不起，真是不知臉紅。

就像是有一些暴發戶，突然發了財，就以為自己也跟著變成了紳士。這種人很愛現，肚子裡沒什麼貨色，只有滿身的銅臭味，真是惹人生厭。

台灣也是一樣，雖然有了「經濟奇蹟」，但是在政治、社會、文化等方面，與先進國家仍還有一大段距離。不要一天到晚把八百億外匯存底掛在嘴邊，其他方面也得加速迎頭趕上！

註：

❶「乞食」就是乞丐。

❷「呷」就是吃。

陳松勇

訐譙

食菜無食臊
狗肉炕米糕

對象：表裡不一的人

解曰：在外面對人說是吃素，不沾葷腥，回家後卻跑到廚房蒸起狗肉米糕，關起門來吃個痛快。

從前台灣人認為吃狗肉是一件缺德的事，在「目連救母」的故事中，目連的母親就是吃狗肉犯了大戒，被打入十八層地獄。因此，在嘲笑虛偽的人時，就說他表面上是吃素，暗地裡卻在偷吃狗肉。

現在社會上這種「偷吃狗肉」的人還真不少，滿嘴仁義道德，一肚子男盜女娼。自己虛偽慣了，還真的就以為這是成功的伎倆。

所以，看到道貌岸然的人，可要多注意觀察一下，不要被「嘴念經，手摸乳」的人唬住了。

註：

❶「食」俗作「呷」，「食菜」就是吃素。

❷「臊」音ㄘㄡ，就是葷腥，「食臊」就是吃葷。

❸「炖」羅馬拼音作tim，就是料放入盅中再隔水蒸的烹飪法。

❹「嘴（喙）念經，手摸乳」原指花和尚。

陳松勇

訐譙

食無三把蘿菜就想要上西天

對象：妄想一步登天的人

解曰：凡人想要成佛，先要吃齋，然後再慢慢修行，最後才能登上西方極樂世界。

台灣人說的蘿菜就是一般俗稱的空心菜，有人吃齋修行，但是才吃了三把空心菜，就想要上西天。

阿彌陀佛，這不是太急了嗎？

現在的工商社會，很多人都想一步登天。有的人功夫還沒學到家，就想出來開店當「頭家」。有的人大概連六法全書都沒翻過，就想出來競選立法委員。現在自稱是「專家」的人愈來愈多，其實用台語的諧音來說，這種「專家」可能只是想「賺吃」罷了。

註：

❶「食」俗作「呷」。

❷「要」音近ㄇㄟ，羅馬拼音作beh，有「必」、「卜」、「慒」多種寫法。

❸「頭家」就是老闆。台語的「頭家」、「薪勞」，相對於國語的「老闆」、「伙計」。

陳松勇

訐譙

鄙查某愛照鏡
無錢人愛算命

對象：消極不知進取的人

解曰：醜女人整天照鏡子，黑斑、雀斑、疵仔子（面疱）還是一臉。長得不好看，實在要認分。俗話說「相由心生」，只要有愛心、多修養，就會從內在散發出氣質，讓人看起來很自然，現在大家不是都在說「自然就是美」嗎？

窮人到處去算命，從手相、面相、摸骨、紫微斗數算到鐵板神算，自己也不打算盤算一算，到底算掉了多少時間、精神和金錢。

「算命無褒，食水都無」，一般算命的如不多說些好話，怎能混得到飯吃呢？偏偏有人就是愈聽愈爽，只想坐在家裡，等著錢從天上掉下來。

「心思無定，抽籤算命」，定下心來，少算命，多拚命吧！

註：

❶「鄙查某」就是醜女人。「鄙」音近ㄇㄞˋ，羅馬拼音作bái，就是醜。

刣豬公無相請
嫁查某囝貺大餅

對象：小氣又貪便宜的人

解曰：依照台灣的禮俗，拜拜殺豬公請客，把豬肉分送給親朋好友，這是「吃免驚」的，不用還禮。但是，嫁女兒時分送大餅，收到大餅的人就要包紅包來添粧，這可就要破費了。

刣豬公不請客，嫁女兒才送大餅，免錢的不給，要錢的才來，實在有夠「巧」。

現在有一些精打細算的人，擅長放帖子要錢，搬家放帖，租房子也說是「入厝」，照樣放帖。自己生日放帖，連外孫滿月也放帖。只要是喜事不分大小都敢放帖，只有不敢以喪事名義放帖，因為一定要真的死了人，比較麻煩。

這種人到處亂放帖，自己收到別人的帖時，又會想辦法提出「不在家證明」，「哦，真失禮，那時我出國了！」

註：

❶「刣」就是殺或切開。

❷「查某囝」就是女兒。

❸「貺」的羅馬拼音是hēng，就是分贈禮物。

❹「巧」音ㄎㄧㄠˋ，就是聰明，帶點虛偽的伶俐。

陳松勇

訐譙

家己面無肉
怨人大尻川

對象：見不得人家好的人

解曰：自己長得瘦，臉上沒什麼肉，看到人家屁股大，竟然愈看愈不順眼，好像人家屁股上的肉應該長在他臉上才對似的。

這種人真是沒出息，自己沒本事，又不肯努力，只會在背後說人家的閒話，人家屁股大干你屁事？

各行各業都有這種人，看到人家進步就眼紅，只會說人家靠關係、運氣好，卻從不去想想自己到底下過苦功沒有。

現在的社會非常競爭，也確實有很多人不是真正靠自己的努力而攀上高位的。但是，腳踏實地的人總是會「出頭天」的！

註：

❶「家己」就是自己，「家」音ㄍㄚ。

❷「尻川」俗作「腳倉」，就是屁股。連雅堂《台灣語典》也錄有「尻川」，尻是脊骨盡處，川是竅。

❸「出頭天」就是成功。

陳松勇

訐譙

大狗爬牆 小狗看樣

對象：作壞榜樣的大人

解曰：大狗爬牆，小狗在一旁看著，自然是有樣學樣了。

先別說狗，人也是一樣。俗語說「上樑不正下樑歪」，上司貪汙，屬下豈不會揩油？老爸當強盜，兒子就做小偷；大人罵「他奶奶的」，小孩就罵「他媽的」。

大人做壞榜樣也就罷了，最糟的是還帶著小孩一起做，看看是不是有很多大人帶著小孩，任意穿越快車道？

「大手牽小手」是沒錯，不過還要看是牽到那裡去？

陳松勇

訐譙

惡馬惡人騎
胭脂馬抵著關老爺

對象：欺善怕惡的人

解曰：野馬再猛，也一定有更猛的人可以將之馴服。

關公騎的赤兔馬，大概因為是紅色的，台灣戲就稱之為胭脂馬。紅毛的胭脂馬不太服人，但是遇上了紅臉的關公也就沒轍。

這個世界一物剋一物，有人欺壓善良、無法無天，以為別人對他莫可奈何，但就是一定會有可以治他的人。台灣人說的「蟾蜍、蜈蚣、蛇」，這三種毒蟲就是相剋的。現在也有人說，「誰怕誰？烏龜怕鐵鎚，蟑螂怕拖鞋！」

現在社會上有很多賺黑心錢的人，即使沒被警察抓到，也會被「黑吃黑」掉。因為「暴利」是常會招來「暴力」的！

註：
❶「抵」音ㄉㄨˇ，就是遇到。

桌頂食飯 桌腳放屎

對象：恩將仇報的人

解曰：人家請他吃飯，他老兄一面享用桌上的大餐，一面就在桌底下拉大便。當然不會有這種瘋子，不過用這句話來比喻恩將仇報的人，真是有夠絕！

台灣人說「食果子拜樹頭」，凡事要感恩，至少要做到「食人半斤，還人四兩」，否則就太不通人情了。

現在的社會很競爭，懂得飲水思源的人愈來愈少了。其實不報恩也還好，如果又反過來咬人家一口，那真是太可惡了。

有人好心教新手做生意，這個新手卻在學了一年半載之後，就想搞自立門戶，而且還把客戶拉走，真是「報伊食屎，連尻川煞咬去」的臭人。

註：

❶「食」俗作「呷」。

❷「報伊食屎，連尻川煞咬去」是一句比較粗俗的台灣俚語。從前的狗是吃屎的，拉屎時叫狗過來吃，結果狗連屁股都咬走。

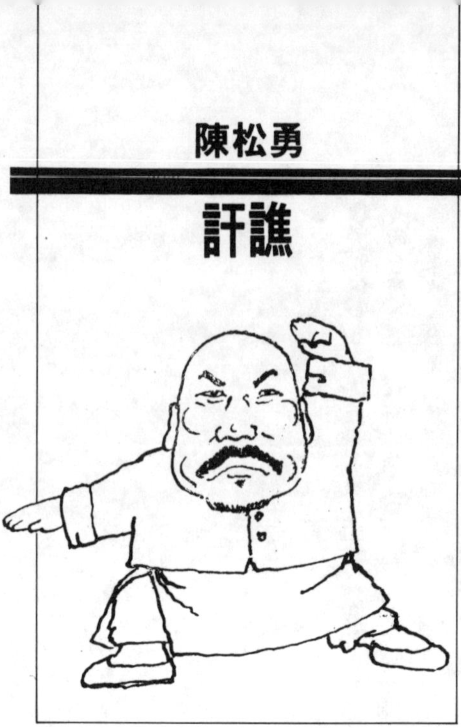

贏筊當棉績被

對象：悶聲發財的人

解曰：從前的當鋪，什麼都能當，連棉被也可以當。有的人實在窮得不像話，在夏天時還把棉被拿去當掉。

賭博贏了錢，怕人見了眼紅，就假裝去當棉被，以掩人耳目，真是高招！

現在的人也是一樣，如果發了一筆橫財，也大都不想讓人知道。中了獎，最好默不吭聲，股票賺了錢，也要說賠得很慘。

不過話說回來，這種招數還真管用，如果發了財還去到處宣傳，那麼恐嚇、綁票就會跟著來了。

註：

❶「贏筊」就是賭博贏了，相對於「輸筊」，「筊」念作ㄍㄧㄠˋ。

❷「棉績被」就是棉被。

陳松勇

訐譙

漚角仔魚假赤鯮
臭土媽豆假椪柑

對象：自抬身價的人

解曰：角仔魚是一種低賤的魚，頭大大的都是稜角，身體小沒什麼肉，皮硬刺又多，難看又難吃，現在的菜市場大概看不到這種魚了。赤鯮就不必多說，人人都知道是一等一的好魚。

番茄被看成是一種低賤的水果，到處都能長。台灣禮俗一向不用番茄來拜神，因為番茄即使吃下肚排泄後，殘留在糞便裡的種子還可以繼續長。椪柑在以前則是高級的水果。

角仔魚要假冒赤鯮，番茄要假冒椪柑，這不但不像，還馬上就會被拆穿，讓人看在眼裡，笑在心裡，真是不知「見笑」。

不過，現在社會上冒牌的赤鯮和椪柑是愈來愈多了，看看滿街賣的假名牌手表服飾，就是要給人「假仙」用的。

註：

❶「漚」音ㄠˋ，就是腐壞。

❷「土媽豆」是台語的日本外來語發音，其實是英語的tomato，就是番茄。

❸「見笑」俗作「見羞」，就是難為情。

陳松勇

訐譙

食飯食到流汗 做事做到畏寒

對象：好吃懶做的人

解曰：吃飯埋頭苦幹，吃到滿頭大汗，做事卻有氣無力，做到全身發冷。

台灣話罵人「食好做輕可」，「食飯用碗公，做事閃西風」，「食若牛，做若龜」，真是好吃的懶鬼！

台灣人現在愈吃愈多，愈吃愈好，但是餐廳都有冷氣，連夏天吃麻辣火鍋也不會流汗。

吃飯本來就不應該流汗，稀奇的是運動也可以不流汗。很多人在大吃大喝之後，就去美容院躺著作減肥指壓，聽說這叫做「懶人運動」。

註：

❶「食」俗作「呷」。

❷「到」台語音念作「甲」。

❸「做事」台語音念作「作息」，「日出而作，日入而息」。

❹「輕可」謂事之輕者，連雅堂《台灣語典》有收錄此詞。

陳松勇

訐譙

一粒飯脹死三隻烏狗公

對象：吝嗇鬼

解曰：黑色的公狗好吃又好色。台灣人說「烏狗鞭」最補，廣東人吃狗肉論等級也是「一黑二黃三花四白」。黑狗「雄赳赳」，所以台灣話叫風流的男人「烏狗兄」。

「烏狗公」食量大，一粒飯就想要一連脹死三隻，這是不可能的事。

有人發了一筆意外之財，大夥要他「辦桌」請客，他老兄卻只想用「路邊擔仔」來打發眾多的「烏狗公」。

還有一種老闆，只給一點錢，卻要人家幫他做很多事，這就像是「又要馬兒好，又要馬兒不吃草」。

註：

❶「脹」念作台語「張」字的三聲，即國語注音符號的四聲。

❷「烏」就是黑。

❸「狗公」就是公狗。

❹「辦桌」就是辦一桌酒菜。

陳松勇

許譙

請鬼拆藥單

對象：有眼無珠的人

解曰：鬼是抓人去死的，怎麼可以請鬼去買藥呢？這叫做「所託非人」，一定沒命！

現在有人和別人發生糾紛，不循正途解決，卻想找黑道來擺平。黑道就算能幫你討回一點公道，但你以後也可能就會被黑道纏住，「三不五時」向你揩點油，弄得你心神不寧。

還有人碰上了法律訴訟，竟然去找「司法黃牛」，想走後門解決，結果錢被騙了，哭訴無門。

找人幫忙，一定要找對人，千萬不要找上「鬼」！

註：

❶「折藥」就是憑處方買藥，「折」音ㄊㄧㄚˋ。

❷「三不五時」就是不定時、常常。

陳松勇

訐譙

小鬼仔毋捌見著大豬頭

對象：沒見過世面的人

解曰：台灣人拜神，有一定的「牲禮」，一般的「三牲」，指的是雞、魚、豬。如果是拜天公，牲禮就要隆重，有錢的人用整隻大豬公，不然用一個豬頭來代替也可以。

至於拜孤魂野鬼，那就隨隨便便，大概是一塊豆干上面插一根香也就算夠意思了。

因此，沒見到大拜拜場面的小鬼仔，也就不曾看過大豬頭了。

人世間，沒看過大豬頭的「小鬼仔」可真是太多了。現在有很多少年仔，真是「古井水蛙，不知天外大」，見小利忘大義，人家給點好處，就什麼壞事都跟人家去做，難怪小流氓愈來愈多。

也有很多不太懂事的女孩子，不知「和好人行有布可經，和歹人行有囝可生」，難怪未婚媽媽也是愈來愈多了。

註：

❶「毋捌」就是未曾。

❷「有布可經」的「經」就是織。

❸「囝」就是子女，閩人呼兒為囝。

陳松勇

訐譙

狗聲乞食喉

對象：破鑼嗓子

解曰：聽過三更半夜的狗叫聲吧！拉著長長的脖子「啊嗚——」，真是有夠難聽。

聽過乞丐唱哭調嗎？「哀爸叫母」的，真是悽慘。

幸好現在的乞丐只要伸手，不必唱歌。

很多人不會唱歌，雖然閉著嘴巴，也沒人會說他是啞巴。偏偏有些人明明是「狗聲乞食喉」的料子，卻最愛現，這種人在KTV裡特別多。

只見他抓著麥克風不放，唱了千遍也不厭倦。奇怪的是，周圍的人在陣陣的「魔音穿腦」下，居然還可以處變不驚。

註：

❶「乞食」就是乞丐。

陳松勇

訐譙

豬屎籃仔結紅彩

對象：不自量力的人

解曰：從前鄉下人提著破竹籃子，撿拾豬屎、牛屎，當作肥料和燃料之用。

這種破籃子又髒又臭，結什麼紅彩呢？這就像是「穿棕蓑打領帶」，成什麼體統！

偏偏現在就有很多人，明明沒幾個錢，卻喜歡搞派頭，手表要戴「勞力克士」，打火機要用「丟胖」，衣服要穿「餓魚」。買不起真的就買假的，真是自欺欺人。

還有一種暴發戶，雖然口袋「麥克麥克」，卻是「憨面假福相」。看他開「賓士」，手拿「大哥大」，但是車窗一開，竟然吐了滿地的檳榔汁，真是「不識字兼不衛生」！

註：

❶「紅彩」就是喜慶時用的紅綵。

陳松勇

訐譙

喙飽目珠枵

對象：不知足的人

解曰：明明吃飽了，嘴巴油油的都還沒抹乾淨，卻還「目珠金金看」，一直瞪著別人筷子上的菜。明明家裡有XO，卻還要溜到酒廊去喝。明明娶了老婆，卻還要在外面拈花惹草。

食色性也，但是夠了就好。吃飽了就不要再多吃，家裡有的也就不要再到外面去買。因為，現在好吃的要注意高血壓，好色的要擔心愛滋病。

很多人其實什麼都不缺，卻總以為愈多愈好。兩百度的近視，為什麼要去配四百度的眼鏡呢？

註：

❶「喙」就是嘴。

❷「目珠」俗作「目睭」，就是眼睛。

❸「枵」音ㄧㄠ，俗作「飫」，就是肚子饑餓。台語的「餓」常指餓死，國語則是饑餓和餓死都用「餓」。

❹「目珠金金看」就是眼睛一直看著。

陳松勇

暗時全步數
天光無半步

對象：光說不練的人

解曰：每天晚上都發憤圖強，滿腦子全是計畫，但是天一亮，什麼也忘光了。太胖了，再不減肥一定得心臟病，明天一早就去跑步，每餐只吃白吐司配開水。結果第二天睡到中午，一氣之下，跑去吃了一碗大碗牛肉麵，外加兩個滷蛋。

咳嗽了，再不戒菸一定得肺癌，把菸丟到垃圾桶，發誓明天再抽就被雷公打死。結果第二天醒來，心情「鬱卒」，只好去翻垃圾桶，大不了下雨天打雷不出門。

做事只會用想的、用講的，晚上立大志，白天睡大覺，真是沒出息！

註：

❶「暗時」就是晚上，「天光」就是天亮。

❷「鬱卒」就是心中煩悶，連雅堂《台灣語典》有收錄此詞。

陳松勇

訐譙

一個錢打二十四個結

對象：守財奴

解曰：從前的錢是中間有孔的銅錢，可用線串起來，通常大約是五十個或一百個串在一起，然後再打一個結固定住。

如果是一個錢就打一個結，一串五十個錢就要打五十個結，那麼要用這串錢的時候可就累了，必須一連解開五十個結。

如果有人光是一個錢就打了二十四個結，天啊，這已不是小氣，簡直就是一毛不拔。

從前生活環境不好，大家比較節儉，一個錢多打幾個結也還說得過去。現在已是「台灣錢淹腳目」的時代，大家多不是「散赤」人，所以不但企業家要回饋社會，一般人也要出點錢參與公益活動。

註：

❶「散赤」就是貧窮。根據連雅堂《台灣語典》的解釋，「散」謂無所積蓄也，「赤」亦無也。

陳松勇

訐譙

食飯配菜脯 儉錢開查某

對象：火山孝子

解曰：菜脯就是蘿蔔干，從前窮苦人家吃的是番薯飯，有塊鹹的菜脯下飯就不錯了。有的人很節儉，吃飯配菜脯也能打發一餐。

人說「省吃儉用」，節省是一種美德，但是如果把吃菜脯省下的錢用來玩女人，那麼菜脯就是白吃了。

有的人長期辛苦賺錢，卻在一次的尋歡上花光。有的人對親友很刻薄，但是對歡場女人卻很大方。有的老闆被員工罵吝嗇鬼，卻喜歡到酒廊當大爺。

這種人當了「婊子」的「孝子」，背後還被人取笑為「凱子」，實在是真不值得。

註：

❶「食」俗作「呷」。

❷「開查某」就是玩女人。

❸男人、女人台語通作「查甫」、「查某」，陳修《台灣話大辭典》則寫作「諸夫」、「諸姆」。

慢牛食濁水

對象：做事拖拖拉拉的人

解曰：牛雖然是很能吃苦耐勞的牲畜，但因動作比較慢，也就常被用來比喻懶人。

懶人向來毛病特別多，懶牛也一樣很會出狀況，走路慢吞吞，這裡撒泡尿，那裡拉堆屎，真是急死主人。

如果有一整群牛，看到一處河流或是一池水，先到的牛還能喝到清水，晚到的牛就只能吃濁水了。

在現代的競爭社會，腦筋要懂得「急轉彎」，手腳更是不能慢。凡事要講求效率，做事慢半拍的人，就會惹人厭，讓人看不起。

尤其是有心白手起家的年輕人，更是要懂得勤快，努力向前行，才不會一直做「跟班」的。

註：

❶「食」俗作「呷」。

陳松勇

訐譙

雞仔腸，鳥仔肚

對象：沒有肚量的人

解曰：人家說「宰相肚內可撐船」，小雞的腸子或是麻雀的肚子，都是非常細小，正好用來形容小家子氣的肚量。

現在的社會擁擠、競爭，很多人的肚量愈變愈小，而且還經常一肚子氣，為了一點小事就發火，動不動就罵人，修養真是愈來愈差了。

自己小心眼，就推己及人，以為別人也都一樣，才會一天到晚就想著防人，怕被人佔便宜。戴著墨鏡，看到的當然是黑暗的社會了。

吃虧是福，就是因為「有」才會「虧」，不要太小氣，想想周潤發一直在電視上提醒眾生，「啊！福氣啦！」

註：

❶台語名詞之後加了「仔」字，大都有小的意思。「雞仔」就是小雞。

陳松勇

訐譙

氣死驗無傷

對象：生悶氣的人

解曰：人如果被害死，總可從屍體驗傷找出死因，討回公道，就算是意外死亡也能查個明白。只有自己把自己氣死時，根本就驗不出什麼傷來，賠上了一條命，倒楣而已。

有的人就是喜歡生氣，聽到伊拉克打科威特也會不高興。有的人不懂見怪不怪，看到電視上立委在摔麥克風，自己也氣得在家裡拍桌子。

但是，現在這個社會惹人不平的事情實在很多，教人凡事忍耐也太鄉愿。因此，生氣也要懂得生氣之道，最好能「化悲憤為力量」，用智慧解決問題。

最笨的是那種遇到不如意就只會生悶氣的人，既沒有把事情看開的胸懷，又沒有挺身而出的勇氣，一股氣憋在心裡，早晚鬧出病來。

陳松勇

訐譙

十二生相變透透

對象：工作不定性的人

解曰：很多人做事不定性，不斷換工作，就像是在十二生肖裡變來變去，卻變不出一個所以然。

台灣話罵人「一年換廿四個頭家」，就是指這種一直換工作、最後仍一事無成的人。

現在是競爭的工商時代，每個人最好都學有一技之長，才能立足社會。但是，就是有人缺乏恆心，本來是學木工，又換水泥工，再換打鐵工，連到超商「西文伊拉文」打工也做不了幾天。

前幾年股票亂漲時，很多人把好好的工作辭掉，跑到證券行去撈一票，後來都嘗到了苦果。

想換更好工作並沒有錯，但是眼光要看準，就怕是那裡好往那裡去，到了那裡又說那裡不好，最後在家裡蹲就更不好了。

註：

❶「生相」就是生肖。

❷「頭家」就是老闆。

陳松勇

訐譙

草索仔拖阿公
草索仔拖老爸

對象：不孝子

解曰：這是台灣民間的小故事，有一個人的父親死了，他就用繩子綁著屍體，準備拖出去草草埋了。他的兒子在一旁看到了就說：「阿爸，你要記得把草索仔帶回來！」

「為什麼？你要草索仔做什麼？」

「你以後若死去，我也好用這條草索仔給你拖出去埋。」

很多人只會教孩子要聽話，自己對父母卻不孝順。有的人是根本對父母不理不睬，有的人則是不太體貼，只會說什麼「老貨仔」有得吃、有得睡，能夠「顧厝」就好。記住啊，老子做了什麼，小子也就學了什麼。

自己不做好榜樣，也就不要期待會「歹竹出好筍」，「上樑不正下樑歪」才倒是真的。

小心，孩子就在你身邊！孩子的各種教育，父母的身教是最重要的。

註：

❶「草索」就是草繩。

❷「阿公」就是祖父。

❸「老貨仔」就是對老人不敬的稱呼。

❹「顧厝」就是看家。

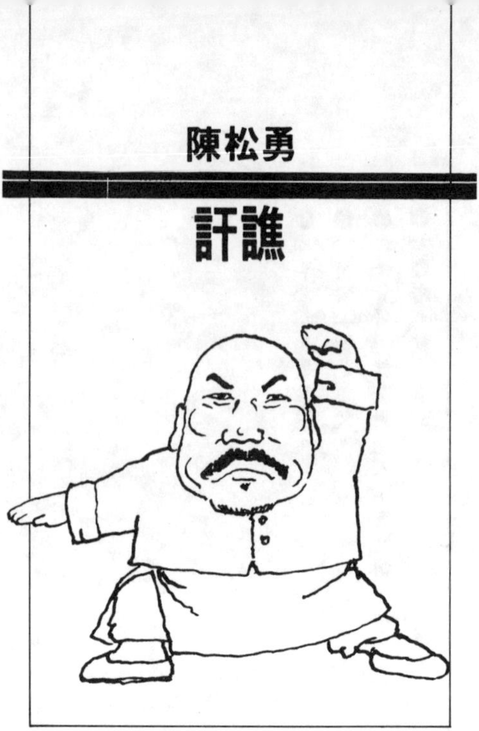

未放屎先呼狗

對象：操之過急、言之過早的人

解曰：從前的狗是吃屎的，在鄉下厝邊，只見小孩剛拉完大便，就會有狗跑來吃掉。
現在的年輕人大概想不通「狗吃屎」這句話了，因為狗已變成寵物，跟人吃得一樣好，甚至還有專門的「狗食」。

還沒拉屎就要喊狗來，老兄，這未免太急了吧！

有的人才談了生意，錢還沒賺到手，就以為自己已經發財了，到處花錢擺闊，也不怕生意可能會泡湯。

有的人事情還沒辦成，就開始說大話，吹噓自己多了不起，如果到時有了變卦，面子可就掛不住了。所以有些官員遇到職務變動，明知已內定高陞，但是記者來問時，他一定說：「我不知道，不要亂說哦！」

註：

❶「呼」音ㄏㄨㄚˋ，就是叫。

陳松勇

訐譙

歕鼓吹的累死扛轎的

對象：亂發號施令的人

解曰：從前迎神或嫁娶時，吹噴吶的走在前頭，愈吹愈快，抬轎子的跟在後面，愈抬愈重。動口的一聲令下，吹起「進行曲」，出力的只有三聲無奈，唱著〈心事誰人知〉。

大哥爭強好勝，明知自己不夠力，卻非要討回面子不可，小嘍囉只好去拚命。上司好大喜功，明知做不到的事，卻還要說大話，下屬只有累壞了。當大官吹說要在幾個月之內讓「鐵窗業蕭條」、「色情業關門」時，做部下的日子可就不好過了。

註：

❶「歕」音近ㄅㄨㄣ，就是吹。《說文》：歕，吹氣也。

❷「鼓吹」就是喇叭之類的樂器。

陳松勇

訐譙

紅龜包鹹菜

對象：虛有其表的人

解曰：台灣一般拜神的習俗，不能用芭樂和鹹菜，因為從前的芭樂小而多子，鹹菜則是用壞菜醃的，拿來拜神非常不敬。

拜神用的「紅龜粿」，當然不能包鹹菜，包的大都是豆沙。

現在社會風氣不一樣，大家一起來包鹹菜。商場上有很多「包公」，金條包一半鉛塊，禮盒包半層紙屑。一盒漂亮的草莓，下面那層一定是爛的。「田僑仔」暴發戶也有很多騷包，有包在名牌服裝裡的土包，也有包在賓士車裡的草包。

包！包！包！連「波霸」也有包鹹菜的！

註：

❶「紅龜」用米或麵粉做成，皮是紅色的，呈龜形狀，上蓋龜印。

❷「田僑」就是指賣田致富的人。從前，台灣人都認為華僑很有錢，叫做「僑仔」。後來台灣經濟發展，一些窮農人的田地經過重劃、變更，使他們一夕之間成了暴發戶，就被戲稱為「田僑仔」。

陳松勇

訐譙

買鹹魚放生

對象：虛僞的人

解曰：鹹魚怎麼放生？買了一條賤價的「木乃伊」魚說要去放生，擺明了就是要騙人！

有的人看到仇家有難，為表現自己很大方，就故意去安慰，還會「目屎雙港流」，其實心裡卻在偷笑。貓哭耗子，太假了吧！

「金牛」花大錢出來競選民意代表，說是為了要爭取為民服務的機會，臨時辦了什麼基金會、獎學金、社會救濟，但誰不知道這是在造勢呢？

說到放生，很多人買了海龜或野鳥去放生，雖然本意善良，但是卻用錯了慈悲心，讓菩薩看了都要搖頭。因為有人放才有人捉，放的人多捉的人就多，只是苦了那些被折騰的飛禽走獸。

註：

❶「目屎」就是眼淚，「目屎雙港流」就是眼淚雙垂。

陳松勇

訐譙

猴死豬哥亦無命

對象：不知同舟共濟的人

解曰：《西遊記》的故事，在台灣也廣為流傳。孫悟空和豬八戒不合，豬八戒一直想設計孫悟空，但是如果孫悟空真的被害死了，豬八戒對付得了妖魔鬼怪嗎？

很多人喜歡搞內鬥，不知「唇亡齒寒」的道理，自己人鬥到兩敗俱傷，只有陷入內憂外患的局面。

現在常看到勞資糾紛的案件，雖然雙方都可以據理力爭，但是卻不能有偏激的情緒反應，否則員工把老闆整慘了，或是老闆把員工逼急了，公司可能就得關門了。

同一條船上的人，應該要把眼光放遠，朝向共同的航行目標，不可彼此猜忌、互扯後腿。如果「主流」和「非主流」鬥來鬥去，萬一把船鬥翻了，大家就都隨水流了。

註：

❶「豬哥」就是種豬，「牽豬哥的」就是指從前鄉下牽著公豬做配種生意的人。「豬哥」也引申為好色之徒。

陳松勇

許讌

腹肚做藥櫥

對象：亂吃藥的人

解曰：中國人最愛吃藥，有病治病，無病強身，肚子就像是藥櫃似的。賣藥都還得分中藥店、西藥房，中國人的肚子卻可以中藥、西藥一起交流。外國人賺了錢，大都懂得休閒度假，放鬆身心。

很多中國人賺了錢，就趕緊去買藥來吃，熱天要「涼補」，冷天要「補冬」。

有人生了病，親朋好友來探望，每人都報一種祕方，說多有效就多有效，你不吃他還不高興。偏偏病人吃藥又沒耐心，吃了一種藥，過兩天未見起色，馬上就再換一種。有人住在醫院，竟然還瞞著醫生偷吃中藥。

藥不是好東西，吃藥一定要遵照醫生指示。現在大家大都營養過剩，不過亂吃補藥，一補再補，就會補到腦充血。

陳松勇

訐譙

五分改一錢
透早改半暝

對象：變本加厲的人

解曰：一錢是十分，把五分改成一錢，那就愈改愈多了。過去是農業社會，日出而作，日入而息，如果把工作時間從清晨改成半夜，那就愈改愈不正常了。

老婆不准老公喝酒，老公在家裡不敢喝，偷偷到外面喝，喝得更多，結果酒醉被抬回家，罰跪到天亮。

扒手被逮，在牢裡向前輩討教幾招，出來變小偷，又再被捕，入獄深造，出來變強盜，結果搶銀行被抓到。這回坐監修到犯罪博士，不過上的是「無期」大學，永遠畢不了業了。

本性難改，不改也好，最怕是愈改愈糟。有人不但不聽勸告，還會「見笑轉生氣」，故意反其道而行，最後總是害了自己。

註：

❶「暝」念作ㄇㄧˊ或ㄇㄟˊ，就是夜。「做暝工」就是做夜工。

❷「見笑」也寫作「見羞」，就是難為情、丟臉。「見笑轉生氣」就是惱羞成怒。

陳松勇

訐譙

過嚨喉就毋知燒

對象：不知痛定思痛的人

解曰：喝熱水時，好燙啊！但是一過了喉嚨就沒事了。

一般人的小毛病，過了就忘，一犯再犯，就變成了老毛病。

台灣人說「查某人生囝無記憶」，很多女人在生產時，因為痛得不得了，呼天搶地，大叫以後絕不再生了，還一直罵老公，「都是你害的！」但是，生下來的嬰兒才幾個月大時，她就又懷孕了。

市面上不斷有減肥、壯陽、增高、隆乳的偏方，很多人這個也吃、那個也吃，雖然每次都無效，但是只要看到一有新的廣告，就又馬上跑去買了。這種生意那麼好做，就是因為有一大批健忘的老主顧。

註：

❶喉嚨的台語作「嚨喉」。

❷「毋」就是不。

陳松勇

訐譙

雞母跳破卵

對象：自亂陣腳的人

解曰：母雞在孵蛋時，受不得一點驚嚇，否則牠一急，猛一跳，翅一拍，咯咯幾聲，就壓出一團「混蛋」。

真是急不得啊！「狗急跳牆」這句成語只說了一

半，因為四條腿的狗在跳過牆之後，可能就變成了三腳狗，外加三聲哀哀叫。

千亂萬亂，就怕自己先亂。壞人打擊你，你就要臨危不亂，原定計策不要被弄亂。壞女人勾引你，你就要坐懷不亂，心頭小鹿不要被撞亂。

台灣正在孵民主的蛋，政治特別亂，但是上面在亂，下面可不要跟著亂。「主流」和「非主流」在亂，老百姓就要做「中流」，千萬不要「著驚」，一定要「處變不驚」，才不會跳破蛋。

註：

❶「雞母」就是母雞。台語常把動物的性別放在後面，如狗母、豬母、雞公。

陳松勇

訐譙

墓仔埔毋講講塚仔

對象：咬文嚼字的人

解曰：大家都是把墳墓叫做「墓仔埔」，他老兄卻偏偏要說古文的「塚」字，好像只有他比較有學問似的。

有的人喜歡講一些電視上「每日一字」才聽得到的字詞，害人家要去查字典。只是聽不懂還好，聽錯了可就糟糕。

說要讓大家作為依循的標準，那就不要說「奉為圭臬」，否則人家把「圭臬」聽成「鬼孽」，還以為是信邪教的。

小孩就叫小孩，拜託不要說「小犬」，現在很多人家裡都有養狗的。騎機車擦撞到人，一聲「失禮」就好，拜託不要說「對不住」，對得住就慘了。

還有的人講話愛夾雜英文單字，連「是」都要說成「噎死」。連一些醫生也來這一套，不管病人懂不懂洋文，一下子把癌症說成像國語的「砍殺」，一下子又把發燒說成像台語的「肥肉」。

故意用怪字僻詞，然後再等著別人向他請教，這種人真是有點怪癖！

註：

❶「塜」音ㄊㄧㄥ，就是墳墓。

陳松勇

訐譙

少年錢毋惜
食老就落角

對象：揮霍的年輕人

解曰：「落角」就是演戲的角色愈來愈差。在人生的舞台上，年輕時不懂得節省，年老時就會很可憐。台灣現在很會花錢，儲蓄率已在逐年降低。很多人拚命賺錢，還更在捨命花錢，把錢花在吃喝嫖賭上，去買酒精和膽固醇來害自己。

還有很多人迷上了「分期付款」，把「將來會賺到的錢」先花了再說，卻沒有想到，台灣的社會福利和老人福利還不健全，如不存點老本，怎麼會有保障呢？

人老了，雖然不必去做「老風騷」或「老不修」，但是也不能老得沒有尊嚴。「防老」的觀念，可不能「時到時擔當，無米煮番薯湯」，否則就會活得愈久，苦得愈多！

註：

❶「毋」就是不。

❷「食」俗作「呷」。

❸「落角」音近ㄌㄡ ㄍㄧㄡˋ。現在說演戲的「角色」，正字是「腳數」，音近ㄍㄧㄡˋ ㄒㄧㄠˋ，有句罵人的話說「你是什麼腳數」。

❹「老風騷」就是老了還喜歡到處遊蕩、風流。

❺「老不修」就是老了還好色。

陳松勇

訐譙

飼鳥鼠咬布袋

對象：吃裡扒外的人

解曰：從前農家都擺著很多布袋，用來裝稻穀，當然不會有人養老鼠來咬布袋的。

但是，很多公家機關或私人行號，卻養了一堆很不上道的「老鼠」，拿人家的薪水，還咬人家的「布袋」。

當公務員的，用「眼睛白的地方」給老百姓看；當侍應生的，向顧客「丟飛盤」；當總機的，講話像拷問犯人；當會計的，一手收公款一手盜用公款。

這種「老鼠」在吃公家飯的共產社會最多，很多人在大陸都被「咬」過。

註：

❶「鳥鼠」就是老鼠。

烏狗拖鹹魚

對象：服裝不整的人

解曰：想想黑狗拖著鹹魚跑的樣子，真是有夠邋遢！

一條弄縐的領帶，好像是一條乾鹹魚。一個人帶著一條歪七扭八的領帶，還真像是一隻狗咬著一條鹹魚，說有多難看就有多難看。台灣人說的「烏狗兄」，大概就像現在的**Playboy**，「烏狗兄」也許夠酷，但是咬著鹹魚走路就是帥不起來。

很多人把戴領帶看成是一件苦差事，一來天氣熱，二是脖子短，戴得好就像上吊，戴不好卻像咬著鹹魚，真是麻煩，乾脆不要戴算了。

俗話說「佛要金裝，人要衣裝」，尤其是現在的工商社會，穿著不能太「倯」，才能給人好印象。但是，服裝並不等於名牌，穿著整潔才是最重要的。

註：

❶「烏」就是黑。

❷「倯」音近ㄙㄨㄥˊ，就是俗氣、不合時尚，台灣話罵人「倯倯」。根據古書「方言」記載，庸謂之倯。

陳松勇

訐譙

菜蟲食菜菜跤死

對象：玩火自焚的人

解曰：菜蟲吃菜，最後一定是死在菜下，從前是被農夫捏死，現在是被農藥毒死。

玩槍的兄弟，注定死在槍下，不過倒有兩種死法，一是因為江湖恩怨被人槍殺，一是遭到法律制裁被人槍斃。

沾上毒品的下場也很悽慘，先是吸毒，已去了半條命，最後去販毒，一被逮到也就沒命了。

人生的路很多，死巷卻也不少，走錯了第一步，可能就被套牢，一輩子翻不了身。「𨑨迌人」，黑暗的江湖生活可不好過啊！

註：

❶「食」俗作「呷」。

❷「菜跤」就是菜下。

❸「𨑨迌」音近 ㄊㄧ ㄊㄜˊ，也寫作「彳亍」，陳修《台灣話大辭典》提出的正字是「跮踱」，就是遊玩的意思。「𨑨迌人」是無正當職業的人，常指黑道兄弟。

陳松勇

訐譙

放屁安狗心

對象：說謊的人

解曰：看過「狗吃屎」嗎？不然也一定聽過！有人拉了屎，狗就急著跑來吃掉。以此類推，大概放個屁給狗聞一聞，也能安一安狗的心。

我們常罵人「說話像放屁」，卻不知人的屁可以安狗的心，尤其是對那些「狗奴才」。

有的「大哥」要去幹壞事，就會騙一些小鬼來幫忙，說什麼「好好幹一票，分到的錢都花不完」。小鬼聽了好話，就替人拚命，結果拚成了替死鬼。

每次到了選舉，總有一些候選人出來「放屁」，說一些「為民喉舌」、「鞠躬盡瘁」的好話，這不但是把選民當成好騙的狗，而且就像是「狗頭滴著麻油」，只是要騙選民的票罷了。

註：

❶「狗頭滴著麻油」，狗聞得著卻舐不到。

陳松勇

許謙

淋水魚入鹹水港

對象：無自知之明的人

解曰：淡水的鯉魚活跳跳，但是把牠丟到海水裡看看，一定馬上「扳肚」。不論是人或物，都有本身的特長，必須找對門路，才不會水土不服，成了廢人廢物。

前幾年股市狂飆時，很多只聽過什麼「加錢指數」的大外行，也跑去跟人家炒股票，結果錢沒「加」到，老本卻快賠光了。

台北市區最有名的是髒空氣和大塞車，有人卻愛「展風神」，開著敞篷跑車，真是有毛病的大騷包！

註：

❶「汫」念作ㄐㄧㄚ尾鼻音，就是淡，也寫作「飷」。「汫水」就是淡水。

❷「扳肚」就是翻肚。

❸「展風神」就是愛現，自以為了不起。

陳松勇

訐譙

卵葩皮霍剃頭刀

對象：鋌而走險的人

解曰：從前的「剃頭店」裡，牆上釘著一條細長的牛皮，好讓剃頭師傅用來磨剃頭刀。

卵葩就是「子孫袋」，男人最脆弱的地方。用卵葩皮來磨剃頭刀？真是「頭殼壞去」，聽了就要讓人「起雞母皮」！

卵葩皮真薄，就算是伊拉克總統海珊的，大概也不會比較厚。但是海珊卻老是要跟美國作對，拿剃頭刀來「比畫」，只弄得出血還好，搞到絕子絕孫就慘了。

台灣話罵人「頭毛試火」，只用頭殼想一下，就知道這是試不得的！

註：

❶「卵葩」就是陰囊，「卵」也寫作「𡳞」。

❷「剾」念作ㄏㄨㄚˋ，「磨」是加水慢慢磨，「剾」只是滑兩三下而已。

❸「起雞母皮」就是起雞皮疙瘩。

❹「頭毛試火」就是用頭髮試一試是否燒得旺。

膨風仙
一鹿割九鞭

對象：奸商

解曰：鹿鞭據說是壯陽補藥，價格昂貴。有人才打了一頭鹿，卻擺九條鞭出來賣。

愈是賣假貨的商人，愈是會吹牛，講得滿嘴泡沫，就是想騙別人的錢。現在市面上的假貨真是不少，一些價格較高的食品，就會有商人玩花樣。
那種一煮就會斷掉或化掉的魚翅，假得還真像。菜市場一大盆剝掉殼的熟鴿蛋，根本是把破雞蛋灌入模子裡做出來的。餐廳裡端出來一大盤的雞睪，也常是用豬腦髓灌的。
現在的人大都營養過剩，但就是有人喜歡東補西補，一隻鹿才會「長」出九條鞭。

註：
❶「膨風」音ㄆㄨㄥˋ ㄏㄨㄥ，就是腹鼓脹，引申為吹牛。
❷「仙」可另指奇行怪癖者，如「酒仙」、「垃圾仙」等。

陳松勇

訐譙

酒醉心頭定
酒[犭+肖]無性命

對象：借酒裝瘋的人

解曰：喝酒的人其實都有自知之明，即使喝醉了也還能自制，但有人卻趁機放縱一番，鬧了事之後，再把責任推給酒醉。

台灣的喝酒文化很奇怪，悲傷時想喝酒解愁，快樂時也要喝酒助興。總之就是要喝酒，但是很多人卻都不懂得喝酒之道，一旦喝出了事，自己出醜，對酒也是不敬。

現在的社會很競爭，為了應酬要乾杯，心情不爽也得拚命倒。但是，愈是經常要喝酒的人，愈是要學習控制酒，最好喝到「馬西馬西」就好，不然醉了就睡，不要亂發神經。

酒場大都很複雜，喝酒鬧事最危險，如果不小心碰到隔壁就是帶槍的兄弟，在向閻羅王報到時，只知道怎麼醉的，卻不知道怎麼死的。

註：

❶「㺧」音ㄒㄧㄠˋ，就是瘋。

❷「馬西馬西」就是陶陶然。

路旁屍，蓋畚箕

對象：不遵守交通規則的人

解曰：從前的人發生車禍，倒在路旁，死得很難看，在把屍體移走之前，先用畚箕蓋起來，以免嚇人。路旁屍，蓋畚箕，真是悽慘啊！

但是現在的路旁屍卻更悽慘，因為沒有畚箕，只能蓋報紙，而且還是舊報紙。

台灣的交通最亂，汽車橫衝直撞，機車神出鬼沒，行人爭先恐後。還有人說，台灣的計程車司機最厲害，英文二十六個字母都會開。

奉勸開車的和走路的都要小心，台北人更要「隨人顧性命」，希望可以等到捷運系統建好的那一天。

註：

❶「蓋」念作台語的「嵌」。

❷「隨人」就是「各人」，台灣有一句俚語「日頭赤炎炎，隨人顧性命」。

陳松勇

訐譙

青盲毋驚銃

對象：不知死活的人

解曰：瞎眼的人不怕槍？當然不是不怕，只是沒看到槍而已。

先不說盲人，很多人根本也是「目珠給龍眼核換去」，做一些有眼無珠的事。

有的人迷上了六合彩，聽到人家報了個「明牌」，竟然還去標會湊大錢來簽，真是神經線絞無緊。

還有的人被請出國旅遊，說是免費的，只要夾帶點小東西回來就好。什麼小東西？當然是嗎啡之類的毒品，結果被逮到了，關到「頭毛生虱母」。

做事眼睛要睜大一點，不要「目珠花花，瓠仔看做菜瓜」！

註：

❶「青盲」是古正字，就是瞎眼。
❷「毋」就是不。
❸「銃」就是槍、火器。
❹「目珠」俗作「目睭」，就是眼睛。
❺「瓠仔」就是胡瓜。

陳松勇

訐譙

牛囝未貫鼻

對象：狂妄少年

解曰：牛養大了之後，就要用銅環貫穿鼻子，套上繩索，以便控制，才能耕田拉車。

小牛還未貫鼻，初生之犢不畏虎，當然就不太聽話，所以台灣人說「牛愛貫鼻，人愛教示」。

現在比以前開放多了，很多年輕人變得太過放任自己，不懂分寸，胡作非為，一聽到什麼「少年吔，安啦」，就以為一切都「安」，結果最後成了「安公子」。

還有人流行說「只要我喜歡，有什麼不可以」，或是「啥米攏不驚」。少年郎講個性、有勇氣，這是很可愛的，但是可不能亂來。想要「向前行」，還是必須「照步來」。

註：

❶「囝」就是子女，「牛囝」就是小牛。

❷「牛愛貫鼻」的「愛」是要的意思，「愛拚才會贏」的用法也是一樣。

❸台語的「愛」字除了喜歡的意思外，在用作需要或應該時，有人認為寫作「該」才對。

❹「照步來」就是按規矩行事。

陳松勇

訐譙

鄙瓜厚子
鄙人厚言語

對象：多嘴的人

解曰：多子的瓜不好，多嘴的人真糟糕！
從前，厝邊頭尾最多三姑六婆，個個的嘴都像「放送頭」，「看一個影生一個囝」，張家長李家短，把事情傳得面目全非，甚至把人逼得鬧自殺。

多嘴實在是很壞的毛病。有的人喜歡當傳聲筒，人云亦云，常會惹是生非。有的人則是喜歡胡亂說話，尤其是那種「三兩人講四兩話」的人，常講一些有失身分的話，最讓人看不起。

多子的瓜可以改良品種，多嘴的人則要修身養性。美國前副總統奎爾就是不懂言多必失的道理，應該向我們「沒有聲音」的副總統李元簇多多學習。

註：

❶「鄙」音近ㄇㄞˋ，羅馬拼音作bái，就是不好、醜。

❷「厚」音ㄍㄠˇ，就是多。

❸「放送頭」就是擴音喇叭。

❹「看一個影生一個囝」用來罵渲染謠言的人。

陳松勇

訐譙

草蜢仔弄雞公

對象：自找死路的人

解曰：台灣歌謠有一段常聽到的樂句：「草蜢仔弄雞公，雞公蹕蹼跳」，聽來好像是蚱蜢去捉弄公雞，把公雞整得亂跳。其實這是出自兒童的念謠，最後還有一句「草蜢仔死蹺蹺」。

從前的雞大都是放養的，生猛的公雞一看到蚱蜢，馬上就一口啄下去。小蚱蜢想捉弄大公雞，只有死路一條。

曾有一條社會新聞，一家大膽的應召站，竟然開在警察局旁邊，大概以為最危險的地方就是最安全的地方，結果還是被查到了，而且氣得分局長親自率隊去抓人。

不想死於非命，就要有自知之明，就像是明知台灣的交通很亂，偏偏卻有一些蛇行的機車，在大車之間穿來穿去，還有人把機車騎上高速公路，下場不是「三明治」就是「肉餅」。

註：

❶「草蜢」就是蚱蜢，「草蜢仔弄雞公」常比喻小人物去捉弄大強豪。

❷「雞公」就是公雞。台語用法把動物的性別放在後面，如「狗公」、「狗母」。

陳松勇

訐譙

無錢薰，大喙吞

對象：貪小便宜的人

解曰：從前請人抽菸也算是一種招待，有人一看到不用錢的菸，就大口大口用力的抽，也不怕被嗆到。現在請人抽菸已不算是什麼招待了，但是愛抽「伸手牌」香菸的還是大有人在，因為貪小便宜的毛病總是改不了。

有人去餐廳喝咖啡，總不忘「夾帶」幾包糖回去，甚至連牙籤也拿走。

還有一些在政府機構或私人公司上班的人，使用公家用品總是特別浪費，還把筆、紙等文具帶回家。聽說連廁所的衛生紙都有人要，不用錢的就多擦幾次。

註：

❶「薰」音ㄏㄨㄣ，就是菸草。鴉片台語叫「烏薰」。

❷「喙」就是嘴。

陳松勇

許譙

孔子媽教的

對象：用錯字、詞的人

解曰：台灣人尊稱孔子為「孔子公」，那麼孔子的老婆自然就叫「孔子媽」。

「孔子公」是聖人，學富五車，至於「孔子媽」有沒有學問，則是史無可考。台灣人如果看到有人寫白字或講錯詞，就常故意用反話來取笑說，「這大概是孔子媽教的！」

「孔子公」弟子七十二人，「孔子媽」卻是桃李滿天下。隨便找兩個她的「學生」為例，一個是國內某位立法委員，在接受電視台記者訪問時，光天化日之下，很大聲的把「斡旋」念成「幹旋」。

另一個是外國「學生」美國前副總統奎爾，他是在小學生面前，把「馬鈴薯」這個英文單字拼錯，震驚全球。

註：

❶「媽」音ㄇㄚˋ。

陳松勇

訐譙

生毋祭嚨喉 死祭棺柴頭

對象：傻父母或不孝子孫

解曰：有一種父母，太為子孫著想，努力掙錢留給子孫，自己卻十分節儉，從來捨不得吃點好的，「祭」一下喉嚨。等到死了，做鬼才在棺材前看大魚大肉，這有什麼用呢？

有一種子孫，父母在世時三餐隨便打發，不肯用心伺候。等到父母死了，為了面子才擺闊，舉行熱鬧的喪禮，各式祭品堆積如山，這不是假「有孝」是什麼？

說到喪禮，現在是愈來愈不像話了。看看馬路上送喪的隊伍，又不是要去遊行抗議，竟然是又長又吵，妨害交通，製造噪音。這種勞師動眾、極其奢侈的喪禮，對社會整體生產力的影響，實在是太大了。

奉勸世人，對活著的人要好一點，對死去的人，喪禮簡單隆重就好。所以台灣人說，「生食一粒土豆，較好死拜一個豬頭」。

註：

❶「毋」就是不，連雅堂《台灣語典》寫作「怮」。

❷「嚨喉」就是喉嚨。

❸「棺柴」就是棺材，「柴」音ㄔㄚˊ。

❹「有孝」就是孝順。

❺「土豆」就是花生。

陳松勇

訐譙

十惡錢，十惡了
梟雄錢，博輸筊

對象：賺取不義之財的人

解目：壞人壞到最高點，被列十條大惡必死之罪，叫做「十惡不赦」。

味著良心賺取的「十惡錢」、「梟雄錢」，就像是台灣人說的「貓咬來，鼠咬去」，來得快，去得也快。不是讓人看了眼紅，被「黑吃黑」掉，就是自己亂花，或在牌桌上輸光。

現在的社會很競爭，人難免要自私，但是千萬不要為了賺錢而去做傷天害理的事。

看看那些賣毒品、製假藥、釀假酒的人，雖然一時發了財，但是最後絕對不會有好下場的。

註：

❶「梟雄」就是只顧自己不管別人死活的人，《三國演義》稱曹操為梟雄，因為他說「寧可我負天下人，不可天下人負我」。

❷「博筊」就是賭博，「筊」念作ㄍㄧㄠˋ。連雅堂《台灣語典》寫作「拔繳」。

陳松勇

訐譙

老猴跋落樹
老旦跋落戲棚跤

對象：太過自信的人

解曰：猴子最會爬樹，但即使是老猴子，有時也會從樹上跌下來。

從前台灣地方上的「外台戲」，在野外搭棚演戲。台灣人說「看戲看旦」，走遍江湖演戲的老旦，演啊演啊，有時也會從台上掉到台下。

人家說「不怕一萬，只怕萬一」，愈是老經驗的人，愈是要懂得小心。「老猴」和「老旦」雖是「老神在在」，但一個大意，就會跌得鼻青臉腫，一張「老臉」都不知要往那裡擺。

現在年輕人動不動就眉毛一揚一聲「安啦！」看著，他馬上就會摔個四腳朝天！

註：

❶「跋」音近ㄅㄨㄚ，就是跌。《說文》：跋，蹎也。

❷「跤」音ㄎㄚ，就是腳。

❸「老神在在」就是老經驗的人從容不迫。「在在」就是鎮定，例如「心肝在在」。

陳松勇

許讜

家己睏桌跤 煩惱別人厝頂漏

對象：自顧不暇的人

解曰：自己窮得睡在桌底下，都把桌頂當作厝頂了，卻還去煩惱別人家裡的厝頂漏水。世間上就是有這種人，自己的事都管不好了，卻還要去管別人的事。台灣還有一句嘲笑人的話說，

「背黃金甕仔去替人看風水」，自己背著骨甕都不知要埋在那裡，還要去幫別人看風水找墓穴。

有的婚姻專家自己都鬧離婚了，還在幫別人解答家庭難題。有的算命專家自己窮得苦哈哈，還在幫別人指點發財迷津。

美國經常向別國講尊重人權，自己卻鬧出洛杉磯黑人大暴動，真丟臉！

註：

❶「家己」就是自己，「家」音ㄍㄚ。

❷「跤」音ㄎㄚ，就是腳。

❸「黃金甕」就是放置死人骨頭的陶甕。

陳松勇

許謙

踠踏馬屎偎官勢

對象：趨炎附勢的人

解曰：從前做官的都有馬騎，有的人如果能夠和做官的沾上了邊，踩到了馬屎，就會得意忘形。只見他舉起腳，指著鞋底的馬屎，神氣地說，「看看，我表叔的媳婦的舅舅的兒子是做大官的！」

別人看著臭馬屎，又想不通這種八竿子打不著的親戚關係，大概只有嘔吐了。

現在雖然已是民主時代，但是一樣有「偎官勢」的人，靠著拉關係為自己謀利益，而且有很多根本是騙人的。

這種人總會現出另一種「馬屎」，說他和某某達官貴人如何如何。這時你可要小心，不要被「馬屎」燻昏了頭。

註：

❶「跤」音ㄎㄚ，就是腳。

❷「偎」音ㄨㄚˋ，就是依靠。

陳松勇

許讓

內山親家無話講松柏蕾

對象：說廢話的人

解曰：「松柏蕾」就是「松柏仔」樹的結子，從前山上最多。住山上的親家來到了「鬧熱滾滾」的市鎮，找不到講話的題材，只好去扯一些「松柏蕾」的無聊事情。

吹牛皮、拍馬屁，都是有點學問的，如果不用頭殼想一下，就會把好話說成了笑話。

餐廳上了一道紅燒雞，老闆趕快跑過來說：「這隻雞好新鮮，沒殺之前是活的喔！」上司前來視察，工頭跟在後面說：「自從您加薪以後，我們每個月領的錢就比較多了！」

還有的是沒話硬要找話說，說了一堆廢話。一個人去參觀大廈頂樓，很慎重的提出建議說：「這房子如果再蓋高一點，就可以看得更遠！」

註：

❶「松柏蕾」就是松果，可食用、做藥，放水裡會起泡沫，從前窮人家用來洗衣服。

陳松勇

訐譙

喙唇一粒珠
相罵毋認輸

對象：伶牙俐嘴的人

解曰：根據台灣民俗，幼兒上唇中間如果尖得像個小珠兒，就很會講話。傳說狐狸之類的動物，經過千年修行，練成了精，就有吐珠的本領。

罵人似乎也是練出來的，有人不但練出了珠，而且是一顆顆連珠炮從嘴唇之間掃射出去，好大的殺傷力！

如果碰到兩個都是「嘴上有珠」的，例如當國代遇上立委，對罵起來，那可不是大珠小珠落玉盤，而是「蟑螂」、「垃圾」滿天飛了。

「台灣罵」頂頂有名，出口成「髒」，「一字訣」不夠看，馬上加成「三字經」，還可以一直加到「七言句」，這些話寫出來實在是很難看，幸好有人發明了「X」字。

罵人消消氣可也，最忌不留口德，傷人自尊，結了一輩子的仇。

註：

❶「喙」就是嘴。

❷「毋」就是不。

❸台灣民間的說法，幼兒嘴唇上長著薄皮的小珠，就很會講話，大人都很小心，如果把小珠弄破就不靈了。

陳松勇

許譙

食肉滑溜溜
討錢面憂憂

對象：不知節制的人

解曰：吃肉最容易了，一滑入腹，拍拍肚皮，真爽！但是等到討錢的來了，就要愁眉苦臉，甚至跑給人家追，真慘！

這種不懂量入為出的人實在太多了，從前賒貸，還會怕丟臉，現在則可以很大方的用分期付款和簽帳卡了。

還有一種喜歡「簽名」的人，經常到酒廊、舞廳花天酒地，帳單一來就簽字，連筆也不用自己帶，等到被討錢時才曉得叫苦。

現代人流行應酬，應酬成了習慣之後，「日頭若黃昏，心頭亂紛紛」，一到晚上就會「想空想縫」，卻不先摸摸自己的口袋。

現在的社會很奢華，千萬不要為了愛面子而學人家擺闊，否則沒錢還時會更沒面子。

註：

❶「食」俗作「呷」。

❷「想空想縫」原指想女人，可再引申為想一些不正當的花樣。

陳松勇

許謙

三塊豆干跳過桌

對象：貪圖小利的人

解曰：給你三塊豆干，請你從餐桌上跳過去，你幹不幹？

當然不幹！桌子那麼好跳嗎？又不是成龍或李連杰，何必為了三塊不值錢的豆干，摔得四腳朝天。

如果你是成龍或李連杰，就更不會為了三塊豆干去跳桌子了。

但是，就是有人為了貪一點便宜，耍一點義氣，結果是被賣了，還向人家道謝。

很多少年人不知芋仔番薯，拿了點小錢，就去幫人家賣安非他命，都不知道自己也快沒命了。

還有很多人得了點好處，就去當大戶買賣股票的人頭，乾脆把自己的頭送給人家算了。

陳松勇

訐譙

乞食飼貓

對象：不知煩惱的人

解曰：乞丐自己都吃不飽了，經常餓到「大腸告小腸」，還跟人家養什麼貓？養狗還可以說要吃狗肉，沒聽說有人養貓來吃貓肉的。

現在有很多收入並不怎麼樣的人，卻也有像乞丐養貓一樣的毛病，而且還特別喜歡養「大貓」。

有的人賺不了多少薪水，卻是愛出風頭的騷包，學人家開高級進口轎車，結果每月付了貸款之後，連加油錢都沒有了。

還聽說有的窮人，別人看他可憐，捐了錢幫助他，他老兄竟然拿去買音響、裝冷氣，真是「窮開心」。

註：

❶「乞食」就是乞丐。

❷「大腸告小腸」是台灣人說肚子餓的戲語。

陳松勇

訐譙

食銅哺鐵吞水銀

對象：放高利貸的人

解曰：銅、鐵、水銀都是不能吃的，吃銅、嚼鐵、吞水銀，正好形容那種沒有人性的貪婪。

國語人說的「吃人不吐骨頭」，或是台語人說的「死人骨頭都吃下去」，都是指殺人不見血的剝削者。

從前，有的地主壓搾佃農，害得佃農一世不得翻身，真是可惡。

現在，放高利貸的更是吸血鬼。一個月竟然要二十四分利，還以天來計算，以一萬元為例，一天看來似乎只要八十元，但一個月就要付到兩千四百元，真是嚇人。

放高利貸還是利滾利，不知這種地下錢莊厲害的人，一陷入就無法脫身，不但還不清，最後還被逼債，鬧出人命。

窮人才會借錢，竟然還要被敲詐，放高利貸的人真是壞到最高點，眼中只有錢。

註：

❶「食」俗作「呷」。

❷「哺」音近ㄅㄛ，就是嚼食。

陳松勇

訐譙

歹心烏腸肚
要死初一十五
要埋風及雨

對象：窮兇極惡之人

解曰：對一個惡人，罵他的心是壞的，腸肚是黑的，已經算是很毒了。

但這還罵得不夠，他要死的時候，剛巧還碰上初一或十五，大家忙著拜神，根本沒人有空理他；他要埋葬的時候，又碰上狂風暴雨，也沒人有閒管他。

儒家講「恕」，台灣人說「恕生不恕死」，也就是「一死百了」。但是，對有些實在是欺人太甚的大壞人，就算他死了，那些被欺侮到家的人，無法平息內心的憤怒，也只好用嘴巴來發洩了。

現在社會上有些人搞投資公司，或是有心倒會，害了有的老兵一生積蓄泡湯，有的婦人不得丈夫諒解而上吊自殺。

這種不管別人死活的大壞人，就算死了，也是「死無人哭」！

註：

❶「歹」音ㄆㄞ，就是壞。

❷黑的台語都作「烏」。

❸「要」音近ㄇㄟ，羅馬拼音作beh，有「必」、「卜」、「慒」多種寫法。

❹「及」念作ㄍㄚ。

陳松勇

訐譙

亦著箠亦著糜

對象：不教養孩子的父母

解曰：教養孩子，也要教，也要養；要用竹鞭來打，也要用粥飯來餵。

教和養是要一起做的。現在台灣生活富裕，一般父母都不會讓孩子餓肚子，但是在管教孩子上，卻還有待加強。

很多父母不肯花心力管教孩子，卻推說是愛的教育。其實，不談那些虐待孩子、可能有心理變態的父母，一般父母以愛心為出發點，對孩子施以適當的打罵，絕對是必要的。台灣話說「疼惜」，打了會疼，也才會惜。

糟糕的是，很多父母忙於工作，以為只要餵飽孩子，給錢零花，其他的都不用管。因為不加關心，所以連孩子犯了錯都不知道，難怪孫越和楊麗花每天都要在電視上提醒天下的父母，「夜深了，您知道您的孩子現在在那裡嗎？」

註：

❶「亦」就是也，「亦著」就是也得。

❷「箠」羅馬拼音chhê，就是竹鞭。

❸「糜」羅馬拼音bôe，就是粥。

陳松勇

訐譙

細漢偷挽瓠
大漢偷牽牛

對象：溺愛小孩的父母

解曰：從前在鄉下，瓠仔只是一般的菜類，牛卻是財產，田多的人，牛就多，窮人有時還要向別人借牛。

孩子如果不加管教，小時候去偷摘小的瓠仔，長大了有力氣，就會去偷牽大的牛。

現在的小孩子，大概都搞不清楚什麼是瓠仔，說瓠仔就是胡瓜，他還以為是電視上的胡瓜。

不過小孩子在超級市場或一般店裡，偷拿糖果、玩具之類的小東西卻是有的，這時父母千萬不要不當一回事，一定要嚴加訓誡。因為小時候偷玩具汽車，長大了就偷真的汽車。

現在很多父母流行「愛的教育」，對小孩子卻常是不加關心，只會猛給錢的溺愛孩子。打是疼，罵是愛，好好管教才是愛的教育，「寵子不孝」就是這個道理，不要讓孩子太「好款」了。

註：

❶「細」就是小。

❷「挽」音ㄇㄢˋ，就是摘。

❸「瓠」音ㄅㄨˊ，就是胡瓜或葫蘆瓜。

❹「好款」就是小孩恃愛而驕。

陳松勇

詌譙

咒詛給別人死

對象：說話不負責任的人

解曰：自己亂發毒誓，卻要別人去代死，天下那有這種道理？

台灣人信神，對神發誓是一件很慎重的事，但有人卻在誓詞上玩花樣，愚弄眾人，實在是沒天良。

從前賣藥的「王祿仔」最常玩這套把戲。「這藥如果不靈，我家住在××街××號的房子就被火燒掉！」真厲害，其實他並不住在那裡，或許根本就沒有這個地址。

「這藥如果不靈，我全家人死了了！」請注意，他說的全「家人」，「家人」的台語音與基隆相同，而他可能是住在台北。

現在也有人喜歡亂發誓，下次看到又有政客在廟前「斬雞頭」時，可要注意聽聽通篇的誓詞裡有沒有什麼「玄機」。

註：

❶「咒詛」就是對神立誓，「詛」音近ㄗㄨㄚ，也寫作「誓」。

❷「給」念「乎」的音。

❸「王祿仔」就是以術詐人者，通常指賣藥郎中。「王祿」是古正字，連雅堂《台灣語典》也有收錄。

❹「斬雞頭」是台灣民俗對神發誓的花招，大都選用白雞以示純潔。

陳松勇

訐譙

加兩支角就是鬼

對象：奸詐的人

解曰：鬼到底長什麼樣子，沒有人能說清楚，不過根據古代傳下來的「十殿閻羅」畫冊，地獄裡拿著鐵叉的小鬼，頭上都長著兩支角。

鬼是最壞的了，不過人如果壞到最高點，說他只差沒長兩支角就是鬼，也不為過。

不知為什麼，社會上就是有一些壞透了的人，處處想計算別人，一看到別人好欺侮，就要佔便宜，甚至還常做損人不利己的事。

各行各業都有這種專門打「鬼主意」的「無角鬼」，不長角的鬼，讓人防不勝防，更是可怕。

陳松勇

訐譙

娶某無閒一工 娶細姨無閒一世人

對象：妄想享齊人之福的人

解曰：娶老婆只會忙一天，就是結婚辦喜事那一天。因為老婆是賢內助，結婚以後就會幫夫。成功的男人背後一定有一個女人，所以台灣人說「一個某較好三個天公祖」。

討小老婆可就不一樣了，如果遇上了難纏的女人，可能就要倒一輩子的楣。

現在很多男人在有了一番小成就之後，就想在外面弄個「小公館」，玩玩「一夫二妻」的遊戲。但是，為了伺候這個額外的女人，不知惹了多少麻煩，後悔都來不及。

這種腳踏兩條船的男人也很可憐，為了應付情婦已是疲於奔命，又因為做了虧心事，回家對老婆還要刻意討好，真是「男人活該」！

註：

❶「某」就是老婆。

❷「一工」就是一天，「工」音ㄍㄤ，從前農業社會日出而作，日入而息，一個工作天就是一天。

❸「細姨」就是姨太太，不是小姨子。

陳松勇

訐譙

雞喙變做鴨喙

對象：耍嘴皮的人

解曰：講話講得像雞嘴一樣，尖尖的，結果被人家一頂，馬上就變成了鴨嘴，扁扁的。

有的人喜歡「歕雞胿」，張飛殺岳飛，殺得滿天飛，一路殺到了鳳飛飛，只有用電鑽對付，才會讓他「消風」。

有的人則是「鐵齒銅牙糟」，硬要把瓠仔說成菜瓜，芋仔說成番薯，氣得人家都要把鐵鎚拿出來了。

講話要合情合理，不要「雜念」，也不是大聲才會贏，否則尖嘴也會被打成扁嘴。

註：

❶「喙」就是嘴。

❷「歕雞胿」就是吹牛。「歕」音近ㄅㄨㄣ，就是吹氣。「雞胿」也寫作「雞歸」，就是雞胃。

❸「消風」就是漏氣。

❹「鐵齒銅牙糟」就是講話、相罵不認輸。

❺「雜念」就是多言，話太多。

陳松勇

訐譙

有毛的吃到棕蓑
無毛的吃到稱錘

對象：好吃的人

解曰：中國人最好吃，很多人三頓「腥臊」，還要不時進補，只要聽說吃了有補，什麼死人骨頭都敢吃下去。

棕蓑和稱錘當然是不能吃的，不過如果有一種祕方把棕蓑、稱錘，甚至狗屎都列為藥材，一定有人照吃不誤。

在曾經流行吃蝸牛的年代，有人怕攤子上賣的不衛生，就自己養來吃。一位仁兄不知道從那裡聽來的吃法，竟然弄個「蝸牛殺西米」來生吃，結果全家中毒。

有一個笑話，在水族館參觀時，看到名貴的魚游來游去，外國人中有的說魚的顏色真美麗，有的說魚的姿勢真優雅。一旁只見幾個中國人在討論，「到底是紅燒、清蒸，還是乾煎的好呢？」

註：

❶「稱錘」也寫作「秤錘」。

❷「腥臊」念作台語的「星操」，就是豐盛的食物，從前平常都是吃蔬菜，節慶時才有葷的大魚大肉吃。連雅堂《台灣語典》寫作「鮮臊」，魚肉曰鮮，獸肉曰臊。

陳松勇

訐譙

九頓米糕無上算
一頓冷糜扱起囥

對象：忘恩記仇的人

解曰：糯米做的米糕、油飯，在從前都是難得吃到的。請人家吃了九頓米糕，後來有一頓只以冷粥招待，卻因此讓人牢記在心裡，做人真是難啊！

人家說媳婦難為，遇到太刻薄的婆婆，平時細心奉待，但只要有一次稍不周到，婆婆就馬上大怒，什麼虐待之類的話都說得出口。

現在的社會非常勢利，很多人不知不覺都得了「忘恩」的症頭。朋友相處，為了一時不快，竟然就翻臉如翻書，交情一筆勾銷。夫妻一場，只因一點衝突，就忘了曾經相愛，鬧到不可收拾。

多想點人情，少記些怨恨，情終究還是比怨多，很多人其實並不是那麼可恨的！

註：

❶「無上算」就是沒記住。

❷「糜」就是粥。

❸「扱起园」就是拿去放起來，引申為永遠記住。「扱」音近ㄎㄧㄡˋ，也寫作「拾」、「卻」，就是撿起。「园」羅馬拼音khǹg，俗作「藏」，就是放置、保存。

陳松勇

訐譙

新婦教大家斷臍

對象：不懂裝懂的人

解曰：沒生過孩子的媳婦，竟然要教婆婆如何剪斷嬰兒的臍帶，這在從前老式接生、一切靠經驗的時代，就叫做「烏白來」。

這句話用在現代，剛好拿來罵社會上很多「外行領導內行」的現象。

在官方機構或是民間公司，有很多人是靠關係才當上主管，甚至是「空降」來當主管。這種主管如果不管事，每天只是「呷報紙看茶」還好，偏偏他又怕人家在背後說他不做事，因此也就亂管一通。

碰到這種主管，學有專長的屬下，只有大嘆三聲無奈，不知如何是好。媳婦要教婆婆接生，婆婆還可罵人，外行的主管要教內行的屬下做事，屬下大概也只能把「幹」字罵在心裡了。

註：

❶「新婦」就是媳婦。

❷「大家」念作ㄉㄚ ㄍㄟ，就是婆婆。

❸「烏白來」就是亂來，「烏」就是黑。

陳松勇

訐譙

圓仔花毋知鄙
大紅花鄙毋知

對象：醜人多作怪

解曰：圓仔花長得小小的，毛絨絨又圓滾滾的，顏色要紅不紅的，實在是沒什麼看頭。大紅花則是大而無當，四片花瓣向外一攤，實在也沒什麼氣質。

圓仔花和大紅花雖然不好看，總還稱得上是花。就像有的人雖然長得醜一點，但是如果很溫柔，也會滿有人緣的。

偏偏有的女人明明是圓仔花或大紅花的料子，卻不肯認分，總想打扮得花枝招展，全身穿得花紅柳綠，臉上塗得五顏六色，頭髮弄得奇形怪狀，真是醜人多作怪！

人長得醜並沒有錯，但打扮成妖怪跑出來嚇人就不對了！

註：

❶「毋」就是不。

❷「䆀」音近ㄇㄞˋ，羅馬拼音作bái，也寫作「穤」，就是醜。

陳松勇

訐譙

七月半鴨仔毋知死

對象：大禍臨頭還不自知的人

解曰：農曆七月是台灣民間傳說的鬼月，七月初一起地府放暑假，鬼都跑出來玩。人家說不怕得罪人，只怕得罪鬼，因此七月半是中元普渡，家家戶戶大拜拜，讓這些孤魂野鬼吃飽了不要搞鬼，這也是慈悲心腸。

因此，到了七月半，鬼可樂了，牲畜卻慘了，豬、雞、鴨等都是劫運難逃。

在牲畜之中，有的比較有靈性，在被抓去殺時，牛會流淚，豬也會嚎叫。鴨子則是比較遲鈍，要被殺了還不知道，台灣話罵人「鴨仔聽雷」，就是說像鴨子一樣，講了也聽不懂。

有的人做事不分輕重，闖了禍死到臨頭還不知不覺，又不聽勸告，真是糊塗得像「七月半鴨仔」。

註：

❶「毋」就是不。

❷「鴨仔聽雷」有對牛彈琴的意思，至於鴨子聽不聽得到打雷聲，只有去問鴨子了。

陳松勇

訐譙

鴨卵密密亦有縫

對象：偷做壞事的人

解曰：雞蛋殼較薄，看得到殼上的氣孔。鴨蛋殼雖較厚，肉眼看不到氣孔，但還是會有透氣的縫隙。「若要人不知，除非己莫為」，幹了見不得人的事，即使東藏西掩，還是會曝光。

以前有一條社會新聞，一個男人不務正業，又喜歡偷腥，他的老婆也不守婦道，暗地裡賣淫賺外快。有一天，這個男的在賓館叫女人，想不到來應召的竟然就是他的老婆，兩人在門縫間相逢，當場吵翻了天。

近年來，社會在進步，做壞事的手法也翻新，現在已流行「智慧型犯罪」。但是法網恢恢，疏而不漏，再聰明的歹徒還是會留下犯罪的線索。

奉勸大家不要做虧心事，半夜就不怕鬼敲門，否則夜路走多了，就會碰到鬼！

註：

❶「鴨卵密密亦有縫」也有人用作「雞卵密密亦有縫」，都可講通，不過鴨蛋殼總是比雞蛋殼還密一點。

陳松勇

訐譙

一世官九世冤

對象：貪官汙吏

解曰：從前的人講因果，當一世的壞官，做太多失德的事，會有九世的報應。

從前的官操著生殺大權，有的「食蛇配虎血」惡行惡狀，有的說「磚仔聽膾發粟」向老百姓索賄。

這種壞官讓人恨之入骨，中國的戲劇和章回小說，常有描述悽慘的下場。

現在是民主時代，但仍有「官員」的稱呼，只不過指的是高層的公務員，其實民意代表也可以包括在內。

現在的官員或民意代表，雖然不能明目張膽違反法律，但是如果昧著良心謀取私利，一樣是禍國殃民。

一項工程如因官商勾結而偷工減料，造成崩塌壓死很多人，這能不有報應嗎？

註：

❶「食蛇配虎血」用來罵兇狠的大惡人。

❷「磚仔廳嬒發粟」是說官廳地板鋪的是磚塊，長不出稻米，這是貪官在向老百姓索賄時說的。

陳松勇

訐譙

大鼎未滾細鼎沖沖滾

對象：說話不知輕重的人

解曰：水愈多愈難燒開，因此，大鍋子還沒滾，小鍋子卻已滾來滾去了。

肚子裡「墨水」較多的人不說話，沒學問的人卻講個不停，真是大言不慚。

開口講話是一門學問。台灣人說：「孨仔人有耳無喙。」就是要小孩多聽少說，長輩在講話時，晚輩不可隨便插嘴，這是一種禮貌。

此外，肚子裡如果沒什麼貨，話就少說，才不會自暴其短，反而讓人看不起。台灣話罵人「大舌興啼」、「三兩人講四兩話」，就是指那種一知半解、卻又要大發議論的人。

註：

❶「大鼎」就是大鍋，「細鼎」就是小鍋。

❷「沖沖滾」現寫作「強強滾」，本是指開水沸騰，引申為人多熱鬧。

❸「孨仔」就是幼童，「孨」的羅馬拼音是gín。

❹「喙」就是嘴。

❺「大舌興啼」就是罵人大舌頭口吃卻又喜歡講話。

陳松勇

訐譙

儉色較好儉粟

對象：好色之徒

解曰：台灣話的「粟仔」就是稻米。與其節儉稻米，不如不要好色。

從前的人說「一滴精十滴血」，這當然沒有什麼根據，但是縱慾過度總是不好的，因為弄壞了身體，存再多的錢也是「無路用」。

現在，好色的人更要小心了。很多人假借探親或觀光名義去大陸嫖妓，結果被抓到，護照上被蓋了「淫蟲」、「嫖客」，真是丟臉。

聽說中共方面又有對付嫖客的新法子，既然妓女被戲稱為「雞」，你喜歡嫖妓，我就叫你去養雞，一養就是一星期，養死了還要賠錢。很多台灣旅客突然晚一星期才回家，原來是被下放養雞去了。

其實，色情真的是充滿了陷阱，破財傷身還不算什麼，染上愛滋病可就糟了。

註：

❶「粟」的羅馬拼音是chhek，就是未去殼的米。

❷「無路用」就是沒有用。

陳松勇

訐譙

伴嫁較婧新娘

對象：喧賓奪主的人

解曰：伴娘穿得比新娘漂亮，雖不是存心要搶風頭，但擺明就是不給新娘面子嘛！

女孩子陪朋友去相親，人家是玉女打扮，妳卻是酒女打扮，這不是要害人弄錯對象嗎？

窮朋友結婚，隨便借套西裝，婚禮也是小場面。你老兄卻打了紅領結，穿上大禮服，抓著大哥大，搖搖擺擺的去吃喜酒。派頭是夠大了，但小心遭人白眼，被亂棒趕了出來。

穿著、講話、做事都要看場合，自己得意忘形，卻讓主人灰頭土臉，這不是去捧場，簡直就是去鬧場！

註：

❶「伴嫁」就是伴娘。

❷「婧」音ㄙㄨㄟˋ，就是美。「水」常用來形容女人，因此也被假借為美。

陳松勇

訐譙

做三跤褲給人穿

對象：存心刁難的人

解曰：做一條三隻褲管的褲子要給人穿，擺明了就是要找人麻煩嘛！

社會上有很多製造「三跤褲」的「整人專家」，他們大概不知道別人也是只有兩條腿，管你三七二十一，能不能穿是你家的事。

以前的區公所人員，就不知道老百姓只有兩條腿。老百姓在櫃台前大排長龍，好不容易等到了，說是缺印章，回家拿來了再重新排隊，又說是缺身分證，只好再跑一趟，這回卻是一邊抹汗一邊聽到：「戶口名簿呢？」

軍中也有很多整新兵的花招。剛入伍的「菜鳥仔」，長官命令去抓螞蟻，不能斷腳的，而且「公的和母的要分開！」

註：

❶「跤」音ㄎㄚ，就是腳。

❷「給」音近ㄏㄛ，也寫作「予」。

繽紛

B01

陳松勇訐譙

口述／陳松勇　整理／曹銘宗

發 行 人／張寶琴
主　　編／初安民
執行編輯／陳維信
美術編輯／蘇婉儀

出 版 者／聯合文學出版社
地　　址／台北市基隆路一段180號７樓
電　　話／7666759．7634300轉5106
郵撥帳號／1150424-4聯合文學出版社
登 記 證／行政院新聞局局版臺業字第3952號

印 刷 廠／秋雨印刷股份有限公司
總 經 銷／聯經出版事業公司
地　　址／台北縣汐止鎮大同路一段367號三樓
電　　話／(02) 6422629

出版日期／82年３月20日　一版一刷10000本
　　　　　82年３月30日　一版二刷4000本
定　　價／120元

ISBN 957-522-057-9